幼兒全語文 階梯故事 系列

比本領

袁妙霞 著
野人 繪

園丁文化

公雞、小鹿、小猴和小豬一起去釣
魚。他們邊走邊談論自己的本領。

公雞說：「我們四個之中，
我起得最早。」

小鹿說：「我們四個之中，
我跑得最快。」

猴子說：「我們四個之中，
我爬得最高。」

「我們四個之中，我⋯⋯」
小豬想不出自己有什麼本領。

噢！不好了，他們滑倒了！
「哎呀！」大家都痛得大叫起來。

小豬摸了摸屁股，笑着說：「我們四個之中，我長得最胖，最不怕痛。」

導讀活動

 提問

進行方法：

❶ 讀故事前，請伴讀者把故事先看一遍。
❷ 引導孩子觀察圖畫，透過提問和孩子本身的生活經驗，幫助孩子猜測故事的發展和結局。
❸ 利用重複句式的特點，引導孩子閱讀故事及猜測情節。如有需要，伴讀者可以給予協助。
❹ 最後，請孩子把故事從頭到尾讀一遍。

 封面
1. 圖中是什麼小動物？你能說說他們各有什麼本領嗎？
2. 請把書名讀一遍。

 P2
1. 小動物們相約到哪裏去呢？你是怎樣知道的？
2. 釣魚要在什麼地方釣呢？從圖中看來，他們到達了嗎？

 P3
1. 他們邊走邊談論自己的本領。是誰先說呢？
2. 每天天剛亮，大家都在睡覺，公雞就做什麼？你猜公雞說自己有什麼本領呢？

 P4
1. 如果要賽跑，你猜他們四個之中誰跑得最快？
2. 你猜小鹿說自己有什麼本領呢？

 P5
1. 如果要爬樹，你猜他們四個之中誰爬得最高？
2. 你猜小猴子說自己有什麼本領呢？

P6
1. 還有誰沒說自己的本領呢？從圖中看來，小豬想到自己有什麼本領了嗎？
2. 請留意地上，沒公德心的人留下的東西。你知道那是什麼嗎？
3. 小動物們都沒留意地上的香蕉皮，你猜會有什麼後果呢？

 P7
1. 你猜對了嗎？他們都怎樣了？
2. 他們都滑倒了，你猜他們覺得痛嗎？

 P8
1. 你猜對了嗎？四個之中，看樣子誰最不怕痛呢？
2. 這時，你猜小豬說自己有什麼本領呢？

說多一點點

故事

聰明的小烏鴉

小烏鴉十分口渴，牠找了很久才找到一個盛着水的瓶子。

但瓶口太窄，水又太少，小烏鴉喝不到水啊！

小烏鴉用嘴銜石頭放入瓶中。不久，水位就升到瓶口了。

聰明的小烏鴉終於喝到水了。

字卡

請沿虛線剪出字卡。

玩法
❶ 把字卡全部排列出來，伴讀者讀出字詞，請孩子選出相應的字卡。
❷ 請孩子自行選出多張字卡，讀出字詞並口頭造句。

公雞	小鹿	釣魚
談論	自己	本領
起得最早	爬得最高	滑倒
哎呀	跑得最快	摸

幼兒全語文階梯故事系列
第5級（挑戰篇）

《比本領》

©園丁文化

幼兒全語文階梯故事系列
第5級（挑戰篇）

《比本領》

©園丁文化

幼兒全語文階梯故事系列
第5級（挑戰篇）

《比本領》

©園丁文化

幼兒全語文階梯故事系列
第5級（挑戰篇）

《比本領》

©園丁文化

幼兒全語文階梯故事系列
第5級（挑戰篇）

《比本領》

©園丁文化

幼兒全語文階梯故事系列
第5級（挑戰篇）

《比本領》

©園丁文化

幼兒全語文階梯故事系列
第5級（挑戰篇）

《比本領》

©園丁文化

幼兒全語文階梯故事系列
第5級（挑戰篇）

《比本領》

©園丁文化

幼兒全語文階梯故事系列
第5級（挑戰篇）

《比本領》

©園丁文化

幼兒全語文階梯故事系列
第5級（挑戰篇）

《比本領》

©園丁文化

幼兒全語文階梯故事系列
第5級（挑戰篇）

《比本領》

©園丁文化

幼兒全語文階梯故事系列
第5級（挑戰篇）

《比本領》

©園丁文化